EIN HANDSCHUH ZU VIEL

FLORENCE UND LOUIS SLOBODKIN

DIOGENES

Titel der 1958 bei
The Vanguard Press, Inc., New York,
erschienenen Originalausgabe: ›Too Many Mittens‹

Mit freundlicher Genehmigung von Michaela Schwermann, Literary Agency, Essen,
und Agencia Literaria Virginia López Ballesteros, Madrid, Spain
Covermotiv: Illustration von Louis Slobodkin

Aus dem Amerikanischen von Kati Hertzsch

*Für meine Mutter
und die Urgroßmama Gersh
der Zwillinge und von Naomi*

www.diogenes.ch
20/22/68/2
ISBN 978 3 257 01239 2

Ned und Donny sind Zwillinge. Sie wohnen in Michigan, wo es im Winter oft sehr kalt ist und wo es viel Schnee und Eis gibt. Einmal, als ihre Eltern eine Reise machten, kam Großmama, um auf die Jungs aufzupassen.
Darin war Großmama sehr, sehr gut.
Wenn sie nach draußen gingen, achtete sie immer darauf, dass die Zwillinge schön warm angezogen waren: »Und vergesst eure roten Handschuhe nicht!«

Eines Tages vermisste Donny einen seiner roten Handschuhe.
»Ich muss ihn gestern bei Janey im Garten verloren haben«,
sagte Donny. »Komm, wir gehen ihn suchen.«
Doch in Janeys Garten war der rote Handschuh nicht.

Janeys Mutter versprach: »Wenn wir ihn finden, bringt Janey ihn zu euch rüber.«
Und es dauerte gar nicht lange, da kam Janey tatsächlich mit einem roten Handschuh an.
»Prima«, sagte Großmama. »Den mache ich dir jetzt an deiner Jacke fest, Donny, damit du ihn nicht noch einmal verlierst.«

Am nächsten Morgen, als die Zwillinge in der Schule waren, klingelte es an der Tür. Es war Mrs. Brown von nebenan.
»Ich habe gehört, dass einer der Zwillinge seinen roten Handschuh sucht«, sagte sie. »Hier ist er.« Dann gab sie Großmama einen roten Fäustling, der genau so aussah wie die der Zwillinge.
»Der wird wohl den Jungs gehören«, sagte Großmama.
»Wahrscheinlich hat ihre Mama ihnen ein Extrapaar gekauft.
Vielen Dank, Mrs. Brown!«
Dann legte sie den roten Handschuh in eine Schublade.

Am Nachmittag kam Ned mit drei roten Fäustlingen nach Hause.
Das Paar, mit dem er am Morgen losgegangen war, und ein einzelner roter Handschuh.
»Unser Lehrer hat gesagt, der gehört bestimmt uns«, sagte Ned.
»Das wird wohl so sein«, sagte Großmama. »Er sieht genau so aus wie die anderen.«
Und sie legte den Handschuh ebenfalls in die Schublade.

Ein paar Tage später, die Zwillinge hatten draußen im Schnee gespielt, kamen sie mit zwei weiteren roten Handschuhen ins Haus.
»Gehören die euch?«, fragte Großmama.
Die Jungs waren nicht sicher.
»Vor ein paar Wochen haben wir jedenfalls einen unserer Handschuhe verloren«, sagte Donny.
Also legte Großmama die Handschuhe in die Schublade zu den anderen roten Fäustlingen.

Der Briefträger brachte die Post (es waren hauptsächlich Postkarten von den Eltern der Zwillinge) und einen weiteren roten Handschuh. »Den habe ich auf der Ulmenstraße gefunden«, sagte der Briefträger, »und jemand meinte, der müsse den Zwillingen gehören.«
Großmama sah den roten Handschuh lange an.
»Danke«, sagte sie schließlich leise.

Früh am nächsten Tag brachte der Mann von der Müllabfuhr noch einen einzelnen roten Handschuh.
»Den hat sicher einer Ihrer Jungs verloren«, rief der Mann, als er den Handschuh auf die Stufen der Veranda warf.
Großmama hob ihn auf und sagte: »Danke, Mr. Tom.«
Als Nächstes fand der Milchmann zwei einzelne rote Fäustlinge.

Und als Großmama und die beiden Brüder einkaufen gingen, holte der Verkäufer einen roten Handschuh unter seinem Tresen hervor. »Den habe ich für die Zwillinge aufbewahrt«, sagte er. »Sie müssen ihn letzte Woche hier vergessen haben.«

Der Mann, der die Pakete auslieferte, hielt mit seinem großen Lkw vor dem Haus, obwohl er gar kein Paket für sie hatte. »Mrs. Miller hat mich gebeten, diesen roten Handschuh hier abzugeben. Der muss den Zwillingen gehören, sagt sie.« Auch diesen Handschuh legte Großmama in die Schublade. Ned und Donny zählten die Handschuhe, die sich mittlerweile in der Schublade befanden.
Sie zählten: »1, 2, 3, 4, 5, 6, 7, 8, 9, 10!«
Und wann immer in den nächsten Tagen irgendjemand irgendwo einen roten Handschuh fand, gab er ihn bei den Zwillingen zu Hause ab.

Als die Eltern der Zwillinge wiederkamen, brachten sie Geschenke mit. Einen schönen Schal für Großmama, ein neues Halsband für die Katze und für die Jungs zwei wunderschöne Paar …

… leuchtend roter Fäustlinge.
»HANDSCHUHE!«, rief Großmama.
»HANDSCHUHE!«, riefen die Zwillinge.
»Gefallen sie euch nicht?«, fragte Mama.
»Doch, doch … Aber sie haben so viele Handschuhe«, sagte Großmama.
»Jeder nur ein Paar, und die sind schon ganz schön abgetragen«, sagte Mama.
»Nur ein Paar?« Großmama und die Jungs sahen einander an und lachten und lachten.
»Komm mal mit«, sagte Großmama.

Sie zeigte Mama die Schublade mit den roten Handschuhen, und als sie sie aufzog, purzelten so viele rote Fäustlinge zu Boden – weder Mama noch sonst irgendjemand hatte jemals so viele rote Handschuhe gesehen.

»Und die Jungs haben jeder noch ein Paar an ihren Jacken«, sagte Großmama.

»Wo kommen die denn her? Uns gehören sie jedenfalls nicht«, sagte Mama.

Da erklärte ihr Großmama, dass jeder in der Nachbarschaft davon gehört hatte, dass die Jungs einen roten Handschuh verloren hatten. Und jedes Mal, wenn irgendjemand irgendwo einen roten Handschuh fand, dachten sie, der müsse den Zwillingen gehören. Also wurde jeder rote Handschuh bei ihnen abgegeben.

»Was machen wir nur mit all diesen Handschuhen? Die gehören doch anderen Kindern. Und die brauchen sie. Aber wie finden wir heraus, wem sie gehören?«

»Ich hab's!«, sagte Ned. »Wir hängen sie auf eine Schnur in den Garten. Und dann sagen wir allen, dass verlorengegangene rote Handschuhe bei uns abgeholt werden können.«

Das fanden alle eine gute Idee, und so spannten sie eine Schnur im Garten und hängten alle roten Handschuhe daran auf. An der Veranda befestigten sie folgendes Schild:

In den nächsten Tagen wurden die roten Handschuhe nassgeregnet und eingeschneit. Sie gefroren und tauten wieder auf. Doch während der ganzen Zeit schaukelten sie fröhlich in der Kälte hin und her.

Bald sprach sich die Sache mit den vermissten Handschuhen im Garten der Zwillinge herum.
Fremde Leute klingelten an ihrer Tür.
»Mein Sohn hat einen roten Handschuh verloren«, sagte eine Frau. »Dürfte ich mal sehen, ob er vielleicht bei Ihnen ist?«

Dann klingelte ein kleines Mädchen.
»Könnte ich mal in euren Garten gucken? Ich habe einen meiner roten Handschuhe verloren.«
Und so ging es ein paar Wochen lang. Kinder und Mütter und Väter kamen und fragten nach verlorengegangenen Handschuhen. Irgendwann waren alle bis auf einen einzelnen roten Handschuh abgeholt.

Und dieser einzelne rote Handschuh flatterte noch ein paar Wochen an der Schnur, bis Donny sagte: »Der sieht da so einsam aus. Komm, wir nehmen ihn ab und bringen ihn ins Haus.«
»Ja«, sagte Ned. »Der Winter ist sowieso vorbei, und keiner braucht mehr Handschuhe.«
Also wurde der letzte rote Handschuh abgenommen und zusammen mit den Skianzügen und warmen Mützen weggepackt. Der Winter war vergangen, und es war Frühling geworden.

Doch als der Winter wiederkam, wurde jeder rote Handschuh, der in der Nachbarschaft gefunden wurde, zum Haus der Zwillinge gebracht.

»Wenn er nicht den Zwillingen gehört«, sagten die Leute, »dann hängt ihn doch bitte an die ›Handschuh-verloren-Schnur‹, dann findet ihn der Besitzer.«

Also, wenn du jemals einen roten Handschuh verlierst, dann geh bei Ned und Donny vorbei, und frag nach der ›Handschuh-verloren-Schnur‹. Es könnte gut sein, dass dein roter Handschuh auch dort hängt.

ENDE